O AMOR NATURAL

O AMOR NATURAL

CARLOS DRUMMOND DE ANDRADE

POSFÁCIO DE
MANUEL GRAÑA ETCHEVERRY

nova edição

EDITORA RECORD
RIO DE JANEIRO • SÃO PAULO
2023

PROJETO GRÁFICO DE CAPA E MIOLO
Leonardo Iaccarino

FIXAÇÃO DE TEXTO
Edmílson Caminha

CRONOLOGIA
José Domingos de Brito (criação) /
Marcela Ramos (checagem)

BIBLIOGRAFIAS
Alexei Bueno

IMAGEM DE CAPA
Rodrigo Unda / Getty Images

AUTOCARICATURA (LOMBADA)
Carlos Drummond de Andrade, 1961

FOTO DRUMMOND (ORELHA)
Déc. de 1960. Acervo da família Drummond.

CIP-BRASIL. CATALOGAÇÃO NA PUBLICAÇÃO
SINDICATO NACIONAL DOS EDITORES DE LIVROS, RJ

Andrade, Carlos Drummond de, 1902-1987
A566a O amor natural / Carlos Drummond de Andrade. - 20. ed. - Rio de Janeiro :
20. ed. Record, 2023.

Inclui bibliografia e índice
ISBN 978-65-5587-718-2

1. Poesia brasileira. I. Título.

23-83266 CDD: 869.1
CDU: 82.1(81)

Gabriela Faray Ferreira Lopes - Bibliotecária - CRB-7/6643

Texto revisado segundo o Acordo Ortográfico da Língua Portuguesa de 1990.

Direitos exclusivos desta edição reservados pela
EDITORA RECORD LTDA.
Rua Argentina, 171 – Rio de Janeiro, RJ – 20921-380 – Tel.: (21) 2585-2000.

Impresso no Brasil

ISBN 978-65-5587-718-2

SUMÁRIO

11 Amor – pois que é palavra essencial
13 Era manhã de setembro
16 O que se passa na cama
17 A moça mostrava a coxa
21 Adeus, camisa de Xanto
23 Em teu crespo jardim, anêmonas castanhas
24 São flores ou são nalgas
25 Coxas bundas coxas
26 A bunda, que engraçada
27 O chão é cama
28 Sob o chuveiro amar
29 A língua girava no céu da boca
30 A língua francesa
31 A língua lambe
32 Sem que eu pedisse, fizeste-me a graça
33 Mimosa boca errante
34 Mulher andando nua pela casa
35 No corpo feminino, esse retiro
36 Bundamel bundalis bundacor bundamor
37 No mármore de tua bunda
38 Quando desejos outros é que falam
39 A carne é triste depois da felação
40 Sugar e ser sugado pelo amor
41 A outra porta do prazer
42 À meia-noite, pelo telefone

43 Eu sofria quando ela me dizia
45 Esta faca
46 Ó tu, sublime puta encanecida
47 Não quero ser o último a comer-te
48 No pequeno museu sentimental
49 Era bom alisar seu traseiro marmóreo
50 Oh minha senhora ó minha senhora
51 De arredio motel em colcha de damasco
52 O que o Bairro Peixoto
55 Tenho saudades de uma dama
56 A castidade com que abria as coxas
57 A bela ninfeia foi assim tão bela
58 Você meu mundo meu relógio de não marcar horas
59 As mulheres gulosas
60 Para o sexo a expirar

61 Posfácio, *por Manuel Graña Etcheverry*
91 Bibliografia de Carlos Drummond de Andrade
99 Bibliografia sobre Carlos Drummond de Andrade (seleta)
109 Índice de primeiros versos

O AMOR NATURAL

Vivre sans volupté c'est vivre sous la terre.

Ronsard, *Sonnets pour Hélène*

O que deu para dar-se a natureza

Camões, *Os Lusíadas*, Canto IX

Sex contains all, bodies, delicacies, results, promulgations,
Meanings, proofs, purities, the maternal mystery, the seminal milk,
All hopes, benefactions, bestowals, all the passions, loves, beauties,
[delights of the earth,
All the governments, judges, gods, follow'd persons of the earth,
These are contain'd in sex as parts of itself and justifications of itself.

Walt Whitman, "A Woman Waits For Me"

Faire danser nos sens sur les débris du monde

Apollinaire, *Poèmes à Lou*

Largos goces iniciados,
Caricias no terminadas,
Como si aun non se supiera
En qué lugar de los cuerpos
El acariciar se acaba,
Y anduviéramos buscándolo
En lento encanto, sin ansia.

Pedro Salinas, *Poesía junta*

AMOR – POIS QUE É PALAVRA ESSENCIAL

Amor – pois que é palavra essencial
comece esta canção e toda a envolva.
Amor guie o meu verso, e enquanto o guia,
reúna alma e desejo, membro e vulva.

Quem ousará dizer que ele é só alma?
Quem não sente no corpo a alma expandir-se
até desabrochar em puro grito
de orgasmo, num instante de infinito?

O corpo noutro corpo entrelaçado,
fundido, dissolvido, volta à origem
dos seres, que Platão viu completados:
é um, perfeito em dois; são dois em um.

Integração na cama ou já no cosmo?
Onde termina o quarto e chega aos astros?
Que força em nossos flancos nos transporta
a essa extrema região, etérea, eterna?

Ao delicioso toque do clitóris,
já tudo se transforma, num relâmpago.
Em pequenino ponto desse corpo,
a fonte, o fogo, o mel se concentraram.

Vai a penetração rompendo nuvens
e devassando sóis tão fulgurantes

que nunca a vista humana os suportara,
mas, varado de luz, o coito segue.

E prossegue e se espraia de tal sorte
que, além de nós, além da própria vida,
como ativa abstração que se faz carne,
a ideia de gozar está gozando.

E num sofrer de gozo entre palavras,
menos que isto, sons, arquejos, ais,
um só espasmo em nós atinge o clímax:
é quando o amor morre de amor, divino.

Quantas vezes morremos um no outro,
no úmido subterrâneo da vagina,
nessa morte mais suave do que o sono:
a pausa dos sentidos, satisfeita.

Então a paz se instaura. A paz dos deuses,
estendidos na cama, qual estátuas
vestidas de suor, agradecendo
o que a um deus acrescenta o amor terrestre.

ERA MANHÃ DE SETEMBRO

Era manhã de setembro
e
ela me beijava o membro

Aviões e nuvens passavam
coros negros rebramiam
ela me beijava o membro

O meu tempo de menino
o meu tempo ainda futuro
cruzados floriam junto

Ela me beijava o membro

Um passarinho cantava,
bem dentro da árvore, dentro
da terra, de mim, da morte

Morte e primavera em rama
disputavam-se a água clara
água que dobrava a sede

Ela me beijando o membro

Tudo que eu tivera sido
quanto me fora defeso
já não formava sentido

Somente a rosa crispada
o talo ardente, uma flama
aquele êxtase na grama

Ela a me beijar o membro

Dos beijos era o mais casto
na pureza despojada
que é própria das coisas dadas

Nem era preito de escrava
enrodilhada na sombra
mas presente de rainha

tornando-se coisa minha
circulando-me no sangue
e doce e lento e erradio

como beijara uma santa
no mais divino transporte
e num solene arrepio

beijava beijava o membro

Pensando nos outros homens
eu tinha pena de todos
aprisionados no mundo

Meu império se estendia
por toda a praia deserta
e a cada sentido alerta

Ela me beijava o membro

O capítulo do ser
o mistério de existir
o desencontro de amar

eram tudo ondas caladas
morrendo num cais longínquo
e uma cidade se erguia

radiante de pedrarias
e de ódios apaziguados
e o espasmo vinha na brisa

para consigo furtar-me
se antes não me desfolhava
como um cabelo se alisa

e me tornava disperso
todo em círculos concêntricos
na fumaça do universo

Beijava o membro
                    beijava
e se morria beijando
a renascer em setembro

O QUE SE PASSA NA CAMA

(O que se passa na cama
é segredo de quem ama.)

É segredo de quem ama
não conhecer pela rama
gozo que seja profundo,
elaborado na terra
e tão fora deste mundo
que o corpo, encontrando o corpo
e por ele navegando,
atinge a paz de outro horto,
noutro mundo: paz de morto,
nirvana, sono do pênis.

Ai, cama, canção de cuna,
dorme, menina, nanana,
dorme a onça suçuarana,
dorme a cândida vagina,
dorme a última sirena
ou a penúltima... O pênis
dorme, puma, americana
fera exausta. Dorme, fulva
grinalda de tua vulva.
E silenciem os que amam,
entre lençol e cortina
ainda úmidos de sêmen,
estes segredos de cama.

A MOÇA MOSTRAVA A COXA

> "Visu, colloquio
> Contactu, basio
>   Frui virgo dederat;
>   Sed aberat
> Linea posterior
> Et melior
> Amori."
>
> *Carmina Burana*

A moça mostrava a coxa,
a moça mostrava a nádega,
só não me mostrava aquilo
– concha, berilo, esmeralda –
que se entreabre, quatrifólio,
e encerra o gozo mais lauto,
aquela zona hiperbórea,
misto de mel e de asfalto,
porta hermética nos gonzos
de zonzos sentidos presos,
ara sem sangue de ofícios,
a moça não me mostrava.
E torturando-me, e virgem
no desvairado recato
que sucedia de chofre
à visão dos seios claros,
sua pulcra rosa preta

como que se enovelava,
crespa, intata, inacessível,
abre-que-fecha-que-foge,
e a fêmea, rindo, negava
o que eu tanto lhe pedia,
o que devia ser dado
e mais que dado, comido.
Ai, que a moça me matava
tornando-me assim a vida
esperança consumida
no que, sombrio, faiscava.
Roçava-lhe a perna. Os dedos
descobriam-lhe segredos
lentos, curvos, animais,
porém o máximo arcano,
o todo esquivo, noturno,
a tríplice chave de urna,
essa a louca sonegava,
não me daria nem nada.
Antes nunca me acenasse.
Viver não tinha propósito,
andar perdera o sentido,
o tempo não desatava
nem vinha a morte render-me
ao luzir da estrela-d'alva,
que nessa hora já primeira,
violento, subia o enjoo
de fera presa no Zoo.
Como lhe sabia a pele,
em seu côncavo e convexo,
em seu poro, em seu dourado
pelo de ventre! mas sexo
era segredo de Estado.

Como a carne lhe sabia
a campo frio, orvalhado,
onde uma cobra desperta
vai traçando seu desenho
num frêmito, lado a lado!
Mas que perfume teria
a gruta invisa? que visgo,
que estreitura, que doçume,
que linha prístina, pura,
me chamava, me fugia?
Tudo a bela me ofertava,
e que eu beijasse ou mordesse,
fizesse sangue: fazia.
Mas seu púbis recusava.
Na noite acesa, no dia,
sua coxa se cerrava.
Na praia, na ventania,
quanto mais eu insistia,
sua coxa se apertava.
Na mais erma hospedaria
fechada por dentro a aldrava,
sua coxa se selava,
se encerrava, se salvava,
e quem disse que eu podia
fazer dela minha escrava?
De tanto esperar, porfia
sem vislumbre de vitória,
já seu corpo se delia,
já se empana sua glória,
já sou diverso daquele
que por dentro se rasgava,
e não sei agora ao certo
se minha sede mais brava

era nela que pousava.
Outras fontes, outras fomes,
outros flancos: vasto mundo,
e o esquecimento no fundo.
Talvez que a moça hoje em dia...
Talvez. O certo é que nunca.
E se tanto se furtara
com tais fugas e arabescos
e tão surda teimosia,
por que hoje se abriria?
Por que viria ofertar-me
quando a noite já vai fria,
sua nívea rosa preta
nunca por mim visitada,
inacessível naveta?
Ou nem teria naveta...

ADEUS, CAMISA DE XANTO

> "Pobre camisa, chora..."
> Eugênio de Castro, "A camisa de Xanto"

Adeus, camisa de Xanto!
Adeus, camisa de Vênus!
O sêmen fluiu. Nem pranto
nem riso. Estamos serenos.
Baixou a noite seu manto
sobre a cansada virilha.
(Sexo e noite formam ilha.)
Adeus, camisa de Vênus,
adeus, camisa de Xanto!
Já gozamos. Já morremos.
E o tempo masca, em seu canto,
a garupa da novilha.
Que graça mais andarilha
tinhas na cama. Eram fenos
roçados num acalanto.
Era a fava da baunilha
que se abria num momento
e que se cerrava: trilha
do demônio ao lugar santo.
Era um desmaio na orilha
da praia de gozo e espanto.
Adeus, camisa de Xanto,
renda de calça, presilha.

Adeus, peiticos morenos,
e o que brilhava e não brilha
no mais úmido recanto.
Adeus, camisa de Vênus,
amargo caucho, pastilha,
que de tudo nem ao menos
(seria tão bom, no entanto)
ficou um filho, uma filha.
Adeus, camisa de Xanto!

EM TEU CRESPO JARDIM, ANÊMONAS CASTANHAS

Em teu crespo jardim, anêmonas castanhas
detêm a mão ansiosa: Devagar.
Cada pétala ou sépala seja lentamente
acariciada, céu; e a vista pouse,
beijo abstrato, antes do beijo ritual,
na flora pubescente, amor; e tudo é sagrado.

SÃO FLORES OU SÃO NALGAS

São flores ou são nalgas
estas flores
de lascivo arabesco?

São nalgas ou são flores
estas nalgas
de vegetal doçura e macieza?

COXAS BUNDAS COXAS

Coxas bundas coxas
bundas coxas bundas
lábios línguas unhas
cheiros vulvas céus
terrestres
infernais
no espaço ardente de uma hora
intervalada em muitos meses
de abstinência e depressão.

A BUNDA, QUE ENGRAÇADA

A bunda, que engraçada.
Está sempre sorrindo, nunca é trágica.

Não lhe importa o que vai
pela frente do corpo. A bunda basta-se.
Existe algo mais? Talvez os seios.
Ora – murmura a bunda – esses garotos
ainda lhes falta muito que estudar.

A bunda são duas luas gêmeas
em rotundo meneio. Anda por si
na cadência mimosa, no milagre
de ser duas em uma, plenamente.

A bunda se diverte
por conta própria. E ama.
Na cama agita-se. Montanhas
avolumam-se, descem. Ondas batendo
numa praia infinita.

Lá vai sorrindo a bunda. Vai feliz
na carícia de ser e balançar.
Esferas harmoniosas sobre o caos.

A bunda é a bunda,
redunda.

O CHÃO É CAMA

O chão é cama para o amor urgente,
amor que não espera ir para a cama.
Sobre tapete ou duro piso, a gente
compõe de corpo e corpo a úmida trama.

E para repousar do amor, vamos à cama.

SOB O CHUVEIRO AMAR

Sob o chuveiro amar, sabão e beijos,
ou na banheira amar, de água vestidos,
amor escorregante, foge, prende-se,
torna a fugir, água nos olhos, bocas,
dança, navegação, mergulho, chuva,
essa espuma nos ventres, a brancura
triangular do sexo – é água, esperma,
é amor se esvaindo, ou nos tornamos fonte?

A LÍNGUA GIRAVA NO CÉU DA BOCA

A língua girava no céu da boca. Girava! Eram duas bocas, no céu único.

O sexo desprendera-se de sua fundação, errante imprimia-nos seus traços de cobre. Eu, ela, elaeu.

Os dois nos movíamos possuídos, trespassados, eleu. A posse não resultava de ação e doação, nem nos somava. Consumia-nos em piscina de aniquilamento. Soltos, fálus e vulva no espaço cristalino, vulva e fálus em fogo, em núpcia, emancipados de nós.

A custo nossos corpos, içados do gelatinoso jazigo, se restituíram à consciência. O sexo reintegrou-se. A vida repontou: a vida menor.

A LÍNGUA FRANCESA

À margem de *La Défense et*
Illustration de la Langue
Française, de Joachim du Bellay,
e *De la Préexcellence du*
Langage Français, de Henri Estienne

A língua francesa
desvenda o que resta
(a fina agudeza)
da noite em floresta.

Mas sem esquecer,
num lance caprídeo,
de ler e tresler
a arte de Ovídio.

A LÍNGUA LAMBE

A língua lambe as pétalas vermelhas
da rosa pluriaberta; a língua lavra
certo oculto botão, e vai tecendo
lépidas variações de leves ritmos.

E lambe, lambilonga, lambilenta,
a licorina gruta cabeluda,
e, quanto mais lambente, mais ativa,
atinge o céu do céu, entre gemidos,

entre gritos, balidos e rugidos
de leões na floresta, enfurecidos.

SEM QUE EU PEDISSE, FIZESTE-ME A GRAÇA

Sem que eu pedisse, fizeste-me a graça
de magnificar meu membro.
Sem que eu esperasse, ficaste de joelhos
em posição devota.
O que passou não é passado morto.
Para sempre e um dia
o pênis recolhe a piedade osculante de tua boca.

Hoje não estás nem sei onde estarás,
na total impossibilidade de gesto ou comunicação.
Não te vejo não te escuto não te aperto
mas tua boca está presente, adorando.

Adorando.

Nunca pensei ter entre as coxas um deus.

MIMOSA BOCA ERRANTE

Mimosa boca errante
à superfície até achar o ponto
em que te apraz colher o fruto em fogo
que não será comido mas fruído
até se lhe esgotar o sumo cálido
e ele deixar-te, ou o deixares, flácido,
mas rorejando a baba de delícias
que fruto e boca se permitem, dádiva.

Boca mimosa e sábia,
impaciente de sugar e clausurar
inteiro, em ti, o talo rígido
mas varado de gozo ao confinar-se
no limitado espaço que ofereces
a seu volume e jato apaixonados,
como podes tornar-te, assim aberta,
recurvo céu infindo e sepultura?

Mimosa boca e santa,
que devagar vais desfolhando a líquida
espuma do prazer em rito mudo,
lenta-lambente-lambilusamente
ligada à forma ereta qual se fossem
a boca o próprio fruto, e o fruto a boca,
oh chega, chega, chega de beber-me,
de matar-me, e, na morte, de viver-me.

Já sei a eternidade: é puro orgasmo.

MULHER ANDANDO NUA PELA CASA

Mulher andando nua pela casa
envolve a gente de tamanha paz.
Não é nudez datada, provocante.
É um andar vestida de nudez,
inocência de irmã e copo d'água.

O corpo nem sequer é percebido
pelo ritmo que o leva.
Transitam curvas em estado de pureza,
dando este nome à vida: castidade.

Pelos que fascinavam não perturbam.
Seios, nádegas (tácito armistício)
repousam de guerra. Também eu repouso.

NO CORPO FEMININO, ESSE RETIRO

No corpo feminino, esse retiro
– a doce bunda – é ainda o que prefiro.
A ela, meu mais íntimo suspiro,
pois tanto mais a apalpo quanto a miro.

Que tanto mais a quero, se me firo
em unhas protestantes, e respiro
a brisa dos planetas, no seu giro
lento, violento... Então, se ponho e tiro

a mão em concha – a mão, sábio papiro,
iluminando o gozo, qual lampiro,
ou se, dessedentado, já me estiro,

me penso, me restauro, me confiro,
o sentimento da morte eis que adquiro:
de rola, a bunda torna-se vampiro.

BUNDAMEL BUNDALIS BUNDACOR BUNDAMOR

Bundamel bundalis bundacor bundamor
bundalei bundalor bundanil bundapão
bunda de mil versões, pluribunda unibunda
                    bunda em flor, bunda em al
                    bunda lunar e sol
                    bundarrabil

Bunda maga e plural, bunda além do irreal
arquibunda selada em pauta de hermetismo
                    opalescente bun
                    incandescente bun
meigo favo escondido em tufos tenebrosos
a que não chega o enxofre da lascívia
e onde
a global palidez de zonas hiperbóreas
concentra a música incessante
do girabundo cósmico.

Bundaril bundilim bunda mais do que bunda
bunda mutante/renovante
que ao número acrescenta uma nova harmonia.
Vai seguindo e cantando e envolvendo de espasmo
o arco de triunfo, a ponte de suspiros
a torre de suicídio, a morte do Arpoador
                    bunditálix, bundífoda
bundamor bundamor bundamor bundamor.

NO MÁRMORE DE TUA BUNDA

No mármore de tua bunda gravei o meu epitáfio.
Agora que nos separamos, minha morte já não me pertence.
Tu a levaste contigo.

QUANDO DESEJOS OUTROS É QUE FALAM

Quando desejos outros é que falam
e o rigor do apetite mais se aguça,
despetalam-se as pétalas do ânus
à lenta introdução do membro longo.
Ele avança, recua, e a via estreita
vai transformando em dúlcida paragem.

Mulher, dupla mulher, há no teu âmago
ocultas melodias ovidianas.

A CARNE É TRISTE DEPOIS DA FELAÇÃO

A carne é triste depois da felação.
Depois do sessenta e nove a carne é triste.
É areia, o prazer? Não há mais nada
após esse tremor? Só esperar
outra convulsão, outro prazer
tão fundo na aparência mas tão raso
na eletricidade do minuto?
Já se dilui o orgasmo na lembrança
e gosma
escorre lentamente de tua vida.

SUGAR E SER SUGADO PELO AMOR

Sugar e ser sugado pelo amor
no mesmo instante   boca milvalente
o corpo dois em um   o gozo pleno
que não pertence a mim nem te pertence
um gozo de fusão difusa transfusão
o lamber o chupar o ser chupado
        no mesmo espasmo
é tudo boca boca boca boca
sessenta e nove vezes boquilíngua.

A OUTRA PORTA DO PRAZER

A outra porta do prazer,
porta a que se bate suavemente,
seu convite é um prazer ferido a fogo
e, com isso, muito mais prazer.

Amor não é completo se não sabe
coisas que só amor pode inventar.
Procura o estreito átrio do cubículo
aonde não chega a luz, e chega o ardor
de insofrida, mordente
fome de conhecimento pelo gozo.

À MEIA-NOITE, PELO TELEFONE

À meia-noite, pelo telefone,
conta-me que é fulva a mata do seu púbis.
Outras notícias
do corpo não quer dar, nem de seus gostos.
Fecha-se em copas:
“Se você não vem depressa até aqui
nem eu posso correr à sua casa,
que seria de mim até o amanhecer?”

Concordo, calo-me.

EU SOFRIA QUANDO ELA ME DIZIA

Eu sofria quando ela me dizia: "Que tem a ver com as calças, meu
[querido?"
Vitória, Imperatriz, reinava sobre os costumes do mundo anestesiado
e havia palavras impublicáveis.
As cópulas se desenrolavam – baixinho – no escuro da mata do
[quarto fechado.
A mulher era muda no orgasmo. "Que tem a ver..." Como podem
[lábios donzelos
mover-se, desdenhosos, para emitir com tamanha naturalidade
o asqueroso monossílabo? a tal ponto
que, abrindo-se, pareciam tomar a forma arredondada de um ânus.
A noite era mal dormida. A amada vestida de fezes
puxava-me, eu fugia, mãos de trampa escorregante
acarinhavam-me o rosto. O pesadelo fedia-me no peito.
O nojo do substantivo – foi há trint'anos –
ao sol de hoje se derrete. Nádegas aparecem
em anúncios, ruas, ônibus, tevês.
O corpo soltou-se. A luz do dia saúda-o,
nudez conquistada, proclamada.
Estuda-se nova geografia.
Canais implícitos, adianta nomeá-los? esperam o beijo
do consumidor-amante, língua e membro exploradores.
E a língua vai osculando a castanha clitórida,
a penumbra retal.
A amada quer expressamente falar e gozar
gozar e falar

vocábulos antes proibidos
e a volúpia do vocábulo emoldura a sagrada volúpia.

Assim o amor ganha o impacto dos fonemas certos
no momento certo, entre uivos e gritos litúrgicos,
quando a língua é falo, e verbo a vulva,
e as aberturas do corpo, abismos lexicais onde se restaura
a face intemporal de Eros,
na exaltação de erecta divindade
em seus templos cavernames de desde o começo das eras
quando cinza e vergonha ainda não haviam corroído a inocência
[de viver.

ESTA FACA

"Esta faca
foi roubada no Savoia"
"Esta colher
foi roubada no Savoia"
"Este garfo..."

Nada foi roubado no Savoia.
Nem tua virgindade: restou quase perfeita
entre manchas de vinho (era vinho?) na toalha,
talvez no chão, talvez no teu vestido.

O reservado de paredes finas
forradas de ouvidos
e de línguas
era antes prisão que mal cabia
um desejo, dois corpos.

O amor falava baixo. Os gestos
falavam baixo. Falavam baixíssimo
os copos, os talheres. Tua pele
entre cristais luzia branca.

A penugem rala
na gruta rósea
era quase silêncio.
Saíamos alucinados.

No Savoia nada foi roubado.

Ó TU, SUBLIME PUTA ENCANECIDA

Ó tu, sublime puta encanecida,
que me negas favores dispensados
em rubros tempos, quando nossa vida
eram vagina e fálus entrançados,

agora que estás velha e teus pecados
no rosto se revelam, de saída,
agora te recolhes aos selados
desertos da virtude carcomida.

E eu queria tão pouco desses peitos,
da garupa e da bunda que sorria
em alva aparição no canto escuro.

Queria teus encantos já desfeitos
re-sentir ao império do mais puro
tesão, e da mais breve fantasia.

NÃO QUERO SER O ÚLTIMO A COMER-TE

Não quero ser o último a comer-te.
Se em tempo não ousei, agora é tarde.
Nem sopra a flama antiga nem beber-te
aplacaria sede que não arde

em minha boca seca de querer-te,
de desejar-te tanto e sem alarde,
fome que não sofria padecer-te
assim pasto de tantos, e eu covarde

a esperar que limpasses toda a gala
que por teu corpo e alma ainda resvala,
e chegasses, intata, renascida,

para travar comigo a luta extrema
que fizesse de toda a nossa vida
um chamejante, universal poema.

NO PEQUENO MUSEU SENTIMENTAL

No pequeno museu sentimental
os fios de cabelo religados
por laços mínimos de fita
são tudo que dos montes hoje resta,
visitados por mim, montes de Vênus.

Apalpo, acaricio a flora negra,
e negra continua, nesse branco
total do tempo extinto
em que eu, pastor felante, apascentava
caracóis perfumados, anéis negros,
cobrinhas passionais, junto do espelho
que com elas rimava, num clarão.

Os movimentos vivos no pretérito
enroscam-se nos fios que me falam
de perdidos arquejos renascentes
em beijos que da boca deslizavam
para o abismo de flores e resinas.

Vou beijando a memória desses beijos.

ERA BOM ALISAR SEU TRASEIRO MARMÓREO

Era bom alisar seu traseiro marmóreo
e nele soletrar meu destino completo:
paixão, volúpia, dor, vida e morte beijando-se
em alvos esponsais numa curva infinita.

Era amargo sentir em seu frio traseiro
a cor de outro final, a esférica renúncia
a toda aspiração de amá-la de outra forma.
Só a bunda existia, o resto era miragem.

OH MINHA SENHORA Ó MINHA SENHORA

Oh minha senhora ó minha senhora oh não se incomode senhora minha não faça isso eu lhe peço eu lhe suplico por Deus nosso redentor minha senhora não dê importância a um simples mortal vagabundo como eu que nem mereço a glória de quanto mais de... não não não minha senhora não me desabotoe a braguilha não precisa também se despir o que é isso é verdadeiramente fora de normas e eu não estou absolutamente preparado para semelhante emoção ou comoção sei lá minha senhora nem sei mais o que digo eu disse alguma coisa? sinto-me sem palavras sem fôlego sem saliva para molhar a língua e ensaiar um discurso coerente na linha do desejo sinto-me desamparado do Divino Espírito Santo minha senhora eu eu eu ó minha senh... esses seios são seus ou é uma aparição e esses pelos essas nád... tanta nudez me deixa naufragado me mata me pulveriza louvado bendito seja Deus é o fim do mundo desabando no meu fim eu eu...

DE ARREDIO MOTEL EM COLCHA DE DAMASCO

De arredio motel em colcha de damasco
viste em mim teu pai morto, e brincamos de incesto.
A morte, entre nós dois, tinha parte no coito.
O brinco era violento, misto de gozo e asco,
e nunca mais, depois, nos fitamos no rosto.

O QUE O BAIRRO PEIXOTO

O que o Bairro Peixoto
sabe de nós, e esqueceu!

Rua Anita Garibaldi
e Rua Siqueira Campos.
(Francisco Braga,
Décio Vilares
nos espiando,
fingem que não?)

O calçadão na penumbra
andança que vai e volta
voltivai
a derivar para o túnel
em busca do hímen?
Volta:
banco de praça. Bambus.
Bambuzal de brisa em ais.

O bardo e a garota amavam-se
nas guerras da Dependência.
Seria brinco de amor
ou era somente brinco.

5 de Julho (fronteira
do reino escuro)

à face
de casas desprevenidas
jogávamos nos jardins
e nas caixas de correio
volumes indesculpáveis
de alheias dedicatórias
pedacinhos.

Se salta o cachorro? Credo.
Saltam quinhentos mastins.
Ganem a traça
de amor sem regulamento.
Prende mata esfola queima.
Viu? É dentro de mim, é dentro
do bardo que estão ganindo.

Bobeira de bobo besta.
Passa de nove mil horas,
urge voltar ao sacrário
de virgem.
Só mais um tiquinho. Não.
Sou eu, rei sábio, que ordeno.
Ri. Rimos de mim. Ficamos.

Dedos entrelaçados
e desejos geminados
no parque tão pueril.
Praça Edmundo, olá,
Bittencourt de berros brabos.
Se acaso nos visse aos beijos
babados, reincidentes,
protestava no jornal?

Menina mais sem juízo
rindo riso sem motivo
no jogo de diminutivos,
sabe o que estamos fazendo?
Amor.
Não é nada disso. Apenas
primícias cálidas. Calo-me.

Viajar nos seios. Embaixo.
Por trás.
Se vou mais longe, quem vai
me segurar?
Se fico por aqui mesmo,
quem vem
me resserenar?

Passo vinte anos depois
no mesmo Bairro Peixoto.
Ele que a tudo assistia,
nada lembra, no sol posto,
deste episódio canhoto.

TENHO SAUDADES DE UMA DAMA

Tenho saudades de uma dama
como jamais houve na cama
outra igual, e mais terna amante.

Não era sequer provocante.
Provocada, como reagia!
São palavras só: quente, fria.

No banheiro nos enroscávamos.
Eram flamas no preto favo,
um guaiar, um matar-morrer.

Tenho saudades de uma dama
que me passeava na medula
e atomizava os pés da cama.

A CASTIDADE COM QUE ABRIA AS COXAS

A castidade com que abria as coxas
e reluzia a sua flora brava.
Na mansuetude das ovelhas mochas,
e tão estreita, como se alargava.

Ah, coito, coito, morte de tão vida,
sepultura na grama, sem dizeres.
Em minha ardente substância esvaída,
eu não era ninguém e era mil seres

em mim ressuscitados. Era Adão,
primeiro gesto nu ante a primeira
negritude de poço feminino.

Roupa e tempo jaziam pelo chão.
E nem restava mais o mundo, à beira
dessa moita orvalhada, nem destino.

A BELA NINFEIA FOI ASSIM TÃO BELA

A bela Ninfeia foi assim tão bela
como eu a fazia, se sonho ou me lembro?
Em sua garupa de água ou de égua
que formas traçava, criava meu membro?

A dura Ninfeia de encantos furtivos
preparava filtros? Que feitiço havia
na pinta da anca, pois só de beijá-la
a pinta castanha logo alvorecia?

A fria Ninfeia zombava talvez
da fúria, da fome, do fausto, da festa
que o seio pequeno, de bico empinado,
em mim despertava, tigre na floresta?

A vaga Ninfeia, de esparsos amores
(o meu, entre muitos) teria noção
do mal que me fez, ou por ela me fiz,
pois que meu algoz era minha criação?

VOCÊ MEU MUNDO MEU RELÓGIO DE NÃO MARCAR HORAS

Você meu mundo meu relógio de não marcar horas; de esquecê-las. Você meu andar meu ar meu comer meu descomer. Minha paz de espadas acesas. Meu sono festival meu acordar entre girândolas. Meu banho quente morno frio quente pelando. Minha pele total. Minhas unhas afiadas aceradas aciduladas. Meu sabor de veneno. Minhas cartas marcadas que se desmarcam e voam. Meu suplício. Minha mansa onça pintada pulando. Minha saliva minha língua passeadeira possessiva meu esfregar de barriga em barriga. Meu perder-me entre pelos algas águas ardências. Meu pênis submerso. Túnel cova cova cova cada vez mais funda estreita mais mais. Meus gemidos gritos uivos guais guinchos miados ofegos ah oh ai ui nhem ahah minha evaporação meu suicídio gozoso glorioso.

AS MULHERES GULOSAS

As mulheres gulosas
que chupam picolé
– diz um sábio que sabe –
são mulheres carentes
e o chupam lentamente
qual se vara chupassem,
e ao chupá-lo já sabem
que presto se desfaz
na falácia do gozo
o picolé fuginte
como se esfaz na mente
o imaginário pênis.

PARA O SEXO A EXPIRAR

Para o sexo a expirar, eu me volto, expirante.
Raiz de minha vida, em ti me enredo e afundo.
Amor, amor, amor – o braseiro radiante
que me dá, pelo orgasmo, a explicação do mundo.

Pobre carne senil, vibrando insatisfeita,
a minha se rebela ante a morte anunciada.
Quero sempre invadir essa vereda estreita
onde o gozo maior me propicia a amada.

Amanhã, nunca mais. Hoje mesmo, quem sabe?
enregela-se o nervo, esvai-se-me o prazer
antes que, deliciosa, a exploração acabe.

Pois que o espasmo coroe o instante do meu termo,
e assim possa eu partir, em plenitude o ser,
de sêmen aljofrando o irreparável ermo.

POSFÁCIO

DRUMMOND: *GAUCHE* E EROTISMO

POR MANUEL GRAÑA ETCHEVERRY

Antes de passar à consideração de Carlos Drummond de Andrade, não será demais referir-nos, ainda que sucintamente, ao que se deve entender por *erotismo*.

Como é óbvio, o vocábulo *erótico* deriva de Eros, deus do amor na mitologia grega, que passou a ser Cupido na romana.

Eros, Eros kalos, o belo Amor, era o deus que agitava as paixões no coração do homem e também da mulher, pois não há Eros sem Afrodite, nem Afrodite sem Eros, que era, portanto, o deus do amor heterossexual.

Boccaccio, na *Genealogia dos deuses pagãos*, ensina que "foi opinião dos antigos que o amor era a paixão da alma e por isso qualquer coisa que desejamos é amor. Mas, uma vez que nossos afetos se voltam a fins variados, é necessário que o amor não seja o mesmo em relação a todas as coisas, e por isso, reduzidos a pequeno número os desejos dos humanos, disseram nossos antepassados que aquele era tríplice", doutrina esta admitida por Platão, que julgava deve distinguir entre o amor ao divino e o amor virtuoso, o amor ao não nobre e o terceiro, uma mescla de ambos. Aristóteles admitiu também esta triplicidade, falando do amor ao honesto, o amor ao agradável e o amor ao útil.

Mais próximo de nossa época, Santo Tomás de Aquino definiu o amor como o "querer bem a outrem", noção que gera duas classes de amor: o amor que não pede nada em troca, o amor puro, e o amor que reclama reciprocidade. O primeiro nada tem a ver com Eros, e é o amor a Deus e o amor ao próximo. O segundo, em contrapartida, é o amor erótico, que em maior ou menor escala carrega-se de egoísmo: ama-se para ser amado, quer-se para ser querido. Trata-se do amor entre homem e mulher.

Neste segundo sentido consolidou-se a noção do erótico nos tempos modernos, sofrendo por sua vez diversos graus. Assim, as *Eróticas* e *Amatórias* de Esteban Manuel de Villegas, no século XVI espanhol, são as poesias que se podem também chamar *eróticas* ou *amatórias*, pois *erótico* era o mesmo que *amatório*.

O erótico pode escalonar-se desde o suave até o agudamente erótico, sendo que em nossos dias o erótico tem já conteúdo semântico mais sexual, como se disséssemos que erótico é amor mais sexo, ou amor mais *sex appeal*. Este entendimento de Eros como amor sexual aceita também diferentes graus, desde o gerado pelo roçar de um tecido, como no poema de Rabindranath Tagore no *Gitanjali*:

Passou ao meu lado, e roçou-me a fimbria de sua saia — e da ilha ignorada de um coração veio-me não sei que súbito alento quente de primavera.

Ou nascer de um simples olhar, como no célebre "Madrigal" de Gutierre de Cetina:

Ojos claros, serenos,
si de un dulce mirar sois alabados,
¿por qué, si me miráis, miráis airados?

Si cuanto más piadosos,
más bellos parecéis a aquel que os mira,
no me miréis con ira,
porque no parezcáis menos hermosos.
¡Ay tormentos rabiosos!
Ojos claros, serenos,
ya que así me miráis, miradme al menos.[1]

A gradação do erótico vai subindo à medida que o sujeito que exige amor não limita seu desejo ao simples fato de ser olhado: quer sempre algo mais, *autre chose*, e, à medida que essa *autre chose* se torna mais explícita, o erótico passa aos poucos a ser decididamente sexual.

Poeta universal que era, Carlos Drummond não podia ficar alheio ao chamado lírico de um tema tão essencial na vida do homem como é o sexo; assim, em seus poemas, transitou por diferentes graus do erótico até tocar no obsceno, conforme veremos a seu tempo.

Não poderemos deter-nos na consideração de cada um dos poemas drummondianos de natureza erótica, já que bem diziam os antigos que "Eros é sócio das musas". Deter-nos-emos apenas em alguns impregnados do erótico sexual, porquanto, se é verdade que ao longo de toda sua produção ele não se esquivou desse gênero poético, foi na parte final de sua vida que o erótico sexual adquiriu importância quase exclusiva. Em contrapartida, foi levado à tumba pela falta de um amor carente por completo de toda conotação erótica.

1 Olhos claros, serenos / se de doce olhar sois louvados, / por que, se me olhais, olhais irados? / Se quanto mais piedosos, / mais belos pareceis àquele que vos olha, / não me olheis com ira, / a fim de que não pareçais menos belos. / Ai, tormentos raivosos! / olhos claros, serenos, / já que assim me olhais, olhai-me sem mais.

Já no primeiro poema que figura nas *Obras completas*, em "Poema de sete faces", há partes decididamente eróticas:

O bonde passa cheio de pernas:
pernas brancas pretas amarelas.
Para que tanta perna, meu Deus, pergunta meu coração.
Porém meus olhos
não perguntam nada.

A referência às pernas, naturalmente de mulher, indica que o poeta se exalta na consideração dessa parte descoberta da anatomia feminina, e que sua mente afasta toda divagação a respeito dela: seus olhos não perguntam nada e se comprazem na visão desse chamado sexual. Poderia observar-se aqui que sentimentalmente – o coração – poeta é monógamo, enquanto que seus sentidos – os olhos – são polígamos. Reflexão esta que será desmentida mais adiante, em "Consolo na praia":

O primeiro amor passou.
O segundo amor passou.
O terceiro amor passou.
Mas o coração continua.

Com o qual se desmente aquela aparente monogamia, a menos que entendamos o que Oswald de Andrade dizia de si mesmo – que "era um monógamo sucessivo".

Em matéria de amor, Drummond parece ser algo cético, como se vê em "Não se mate":

Carlos, sossegue, o amor
é isso que você está vendo:

hoje beija, amanhã não beija,
depois de amanhã é domingo
e segunda-feira ninguém sabe
o que será.

Mas não falta o simplesmente amatório, sem mescla, quando menos explícito, do sexual, segundo se pode ver em "Sentimental":

Ponho-me a escrever teu nome
com letras de macarrão.
No prato, a sopa esfria, cheia de escamas
e debruçados na mesa todos contemplam
esse romântico trabalho.

Desgraçadamente falta uma letra,
uma letra somente
para acabar teu nome!

Contrapondo a essa ingenuidade há menção expressa do ato sexual em "Casamento do céu e do inferno":

E os corpos enrolados
ficam mais enrolados ainda
e a carne penetra na carne.

Nem falta a menção das inquietudes prévias ao primeiro ato amoroso, em "Tentativa":

Ai medo de não saber
o que fazer na hora de fazer.

E da própria iniciação, nesse mesmo poema:

Uma negrinha não apetecível
é tudo quanto tenho a meu alcance
para provar o primeiro gosto
da primeira mulher.

Que se concretiza no poema "Iniciação amorosa":

E como eu não tinha nada que fazer vivia namorando as pernas
[morenas da lavadeira.

Um dia ela veio para a rede,
se enroscou nos meus braços,
me deu um abraço,
me deu as maminhas

Tema reiteradamente tratado por CDA é a insatisfação sexual e seus correlatos, a falta de mulheres e a incompreensão feminina. Não se trata de uma mulher determinada, senão em geral, porque, para saciar essa insatisfação, qualquer mulher cairia bem ao poeta, como se constata em "A bruxa":

Precisava de mulher
que entrasse neste minuto,
recebesse este carinho,
salvasse do aniquilamento
um minuto e um carinho loucos
que tenho para oferecer.

Isto sem prejuízo de que o poeta busque o verdadeiro amor, o amor único, como nos mostra "As namoradas mineiras":

Uma namorada em cada município,
os municípios mineiros são duzentos e quinze,
mas o verdadeiro amor onde se esconderá:
em Varginha, Espinosa ou Caratinga?

Na vida, na busca do verdadeiro amor, CDA foi conhecendo outras mulheres, e teve com elas a sensação do pecado da carne. Assim em "Castidade":

Não me arrependo do pecado triste
que sujou minha carne, suja toda carne.

e

pecarei com humildade, serei vil e pobre,
terei pena de mim e me perdoarei.

Porque o poeta buscava o amor total, não, segundo diz em "Aspiração": *a simples rosa do sexo.* Pois o sexo pode ser uma ilusão do verdadeiro amor, e contra isso se previne em "O mito":

Amarei mesmo Fulana?
ou é ilusão de sexo?

A insatisfação sexual é cruciante, e por isso diz em "Quero me casar":

Depressa, que o amor
não pode esperar!

Em compensação, ironiza às vezes sobre o amor. Em "Aurora", por exemplo, diz:

Como é maravilhoso o amor
(o amor e outros produtos).

E em "Canção de berço":

O amor não tem importância.

E em "Boca":

Boca amarga pois impossível,
doce boca (não provarei),
ris sem beijo para mim,
beijas outro com seriedade.

E em "Destruição":

Dois amantes que são? Dois inimigos.

Não escapa a CDA um aspecto social do amor, que não se trata já do próprio amor, mas do amor dos outros, e mostra como na adolescência parece terem-se certas relações num grupo, que mais tarde a vida se encarrega de desfazer, incluindo pessoas e casos que sequer haviam sido vislumbrados na ocasião. Tal é o tema de "Quadrilha":

João amava Teresa que amava Raimundo
que amava Maria que amava Joaquim que amava Lili
que não amava ninguém.
João foi para os Estados Unidos, Teresa para o convento,

Raimundo morreu de desastre, Maria ficou para tia,
Joaquim suicidou-se e Lili casou com J. Pinto Fernandes
que não tinha entrado na história.

O amor dos jovens era cuidadosamente controlado pelos mais velhos, em especial pelos familiares da jovem. E o que se vê em "Hino ao bonde":

Onde se namora debaixo do maior respeito,
com olhares furtivos que o pai da moça não percebe.

E em "O não-dançarino":

com senhoritas mui prendadas
sob o olhar magnético de pais, mães, irmãos,
e o invisível mas ubíquo e potente
estatuto mineiro de costumes.

Toda essa repressão buscava inutilmente coibir o amor, conforme dirá em nossos dias uma canção do espanhol Perales.

O poeta faz-se eco da tradição latina, para a qual o sexo sem amor provoca desgosto: *post coitum omne animale triste* (depois do coito todo animal fica triste); assim o diz CDA em "O minuto depois":

Ai de nós, mendigos famintos:
Pressentimos só as migalhas
desse banquete além das nuvens
contingentes de nossa carne.
E por isso a volúpia é triste
um minuto depois do êxtase.

Mais à frente, porém, já em *O amor natural,* limita o poeta essa tristeza ao momento que se segue à felação:

A carne é triste depois da felação.

CDA não concorda com aqueles aos quais, como dizia uma canção francesa, o amor é uma enfermidade da juventude: *Maladie d'amour, maladie de la jeunesse,* e não apenas crê que o amor pode surgir em qualquer momento ao longo da vida, como ainda que é mais intenso na maturidade:

[...] me tocou um amor crepuscular,

e, sempre em "Amor e seu tempo" e "Campo de flores":

Amor é privilégio de maduros

e

Deus me deu um amor no tempo da madureza,

vale dizer que esse amor crepuscular é verdadeiro dom divino. Certa vez prognosticara o poeta:

Não cantarei amores que não tenho,
e, quando tive, nunca celebrei.

Porque lhe chegará o tempo de cantar esse amor maduro que lhe chegará, segundo diz em "O quarto em desordem":

Na curva perigosa dos cinquenta
derrapei neste amor. [...]

Porque o grande tema na poesia de CDA é o amor, o amor em si, sem distinção de componentes, o amor que não carece de ser analisado em suas partes e que nos chega sem nos darmos conta:

Nem tu sabes, amor, que te aproximas
a passo de veludo. [...]

assim em "Véspera", e também em "Amor, sinal estranho":

Olho uma, olho outra, sinto
o sinal silencioso de alguma coisa
que não sei definir – mais tarde saberei.

Amar é o ato essencial de nossas vidas, o que explica nossa razão de viver, como o diz expressamente o poeta em "Nascer de novo":

Amor, a descoberta
de sentido no absurdo de existir.

E no apelo "Os namorados do Brasil":

Pois namorar é destino dos homens,
destino que regula
nossa dor, nossa doação, nosso inferno gozoso.
E quem vive, atenção:
cumpra sua obrigação de namorar,
sob pena de viver apenas na aparência.

E também em "Amar":

Que pode uma criatura senão,
entre criaturas, amar?

amar e esquecer,
amar e malamar,
amar, desamar, amar?
sempre, e até de olhos vidrados, amar?

É erro, pois, além de inútil, tratar de escapar ao amor. Assim o diz em "Reconhecimento do amor":

Como nos enganamos fugindo ao amor!
Como o desconhecemos, talvez com receio de enfrentar
sua espada coruscante, seu formidável
poder de penetrar o sangue e nele imprimir
uma orquídea de fogo e lágrimas.
Entretanto, ele chegou de manso e me envolveu
em doçura e celestes amavios.
Não queimava, não siderava; sorria.

e na mesma composição de *Amar se aprende amando*:

Levou tempo, eu sei, para que o Eu renunciasse
à vacuidade de persistir, fixo e solar,
e se confessasse jubilosamente vencido,
até respirar o júbilo maior da integração.
Agora, amada minha para sempre,
nem olhar temos de ver nem ouvidos de captar
a melodia, a paisagem, a transparência da vida,
perdidos que estamos na concha ultramarina de amar.

Porque, como dirá em "O tempo passa? Não passa":

amar é o sumo da vida.

Disse há pouco que a poesia de CDA transitou por diferentes graus do erótico até beirar o obsceno. Assim o reconheceu o próprio poeta em algumas entrevistas a periódicos, e assim o comprovei eu, pois, por volta de 1981, presenteou-me com exemplar de *O amor natural*, e na dedicatória dizia-me ser esse exemplar o número um de uma edição de dois. Podemos então falar de uma obra quase inédita. Ignoro a que mãos foi o exemplar número dois.

Não me sinto autorizado para fazer uma análise dos poemas contidos em *O amor natural*, mas sim, já que de erotismo tratamos, a fazer parcas referências a alguns que nos podem servir de marco a nossas considerações.

No primeiro poema, intitulado "Amor – pois que é palavra essencial" e que é quase um programa de toda a obra, diz, com o mínimo de eufemismo:

Amor – pois que é palavra essencial
comece esta canção e toda a envolva.
Amor guie meu verso, e enquanto o guia,
reúna alma e desejo, membro e vulva.

Para determinar se há aí, e nos demais poemas que o seguem, qualquer obscenidade – que a poeta chilena Violeta Parra expressara com total eufemismo *te quiero de corpo entero*, faz-se necessário esclarecer previamente o que seja obsceno, tarefa que, há de ver-se, não é tão fácil como parece à primeira vista.

Se mergulhamos no campo etimológico, veremos que os latinos chamavam *obscenas* as partes viris, mas davam igualmente o mesmo nome às matérias fecais, segundo consta na *Farsália* de Lucano. Talvez venha daí a conotação de *imundo* que integra a noção de obsceno. Lisando Sandoval, em seu *Diccionario de raíces griegas y latinas y de otros orígenes del idioma español*, publicado na Guatemala (1931), e que abrange também o português, sustenta que o vocábulo se origina de *coenum-i*, equivalente a lodo, imundície, porcaria, lixo, sujeira, lama, corrupção, impureza e infecção. Mas João Corominas, no *Diccionario crítico etimológico de la lengua castellana*, dá por duvidosa a etimologia latina, o mesmo fazendo Michel Bréal e Anatole Brally, que afirmam que "nenhuma das etimologias dadas pelos antigos é segura". Santo Isidoro de Sevilha ensina que o termo vem "do vício próprio dos oscos", que não sabemos qual seria.

Esta obscuridade inicial é premonitória: pareceria não ser possível definir com precisão o que se deve entender por *obsceno*; a razão está em que o obsceno liga-se a juízo de valor, que portanto não pode ser definido com a exatidão de um fato físico. O mais que podemos dizer é que se trata de uma sensação de repugnância provocada em nós por determinados atos físicos; todavia, o que pode resultar repugnante a um pode ser sentido como perfeitamente natural por outro.

Se recorrermos ao *Diccionario de la Real Academia Española*, indagando sobre o sentido dos termos que aparecem nas sucessivas definições conceituais, depararemos com tautologias, isto é, com definições que incluem vocábulos cujos sentidos nos esforçamos por elucidar: o resultado são verdadeiros círculos viciosos. Ademais, o sentido aparentemente claro do começo vai aos poucos sendo substituído por significados difusos, com regressos esporádicos aos conceitos centrais. Tudo isso nos lembra a forma de uma nebulosa em espiral astronômica, algo como uma Andrômeda expressiva na qual em nenhuma parte aparece um astro nítido, mas onde tudo é opaco e difuso. No centro da galáxia, tanto na astronômica quanto na semântica, há maior concentração de elementos; por exemplo: *impudico, torpe, ofensivo ao pudor*; a partir, porém, desse vórtice vai-se desenrolando uma espiral, com a mancha opaca se tornando sempre mais tênue e os conceitos cada vez mais vagos, como *indigno, vergonhoso, reprovável*. Seguindo então referido método, no grau

21 aparece o vocábulo *compostura*, e já não podemos dizer que seja obsceno o menino que faz excessivas travessuras. A palavra *reprovável* surge no grau 45, ficando claro que, se o obsceno é reprovável, nem todo reprovável é obsceno.

Chegaremos às mesmas conclusões se em lugar do dicionário espanhol apanhamos um português, como o *Aurélio*. Com o mesmo método aplicado ao dicionário acadêmico, veremos que *obsceno* se define como aquilo que fere o pudor; *pudor* é *vergonha*, e *vergonha* é *obscenidade*; com isso entramos em cheio no círculo vicioso. O mesmo se dá com a definição de *torpe*, que ocupa o posto 14 e que se define como *desonesto*, que ocupa o posto 4; *impudico*, que ocupa o posto 2, e *obsceno* que estamos tentando saber o que é...

No *Diccionario ideológico* de Julio Casares, *obsceno* remete a *desonestidade*, termo que por sua vez é correlativo de outros 133 verbetes, dos quais vinte são por sua vez topos de famílias de palavras; além disso, entre os 133 verbetes existem alguns como *beijo*, *fornicação*, que nem sempre se associam a algo desonesto.

O obsceno não consiste num fenômeno físico que possa ser descrito cientificamente; ao contrário, como dissemos há pouco, inclui um juízo de valor relativo a uma conduta humana (não falamos, seguramente, de obscenidade nos animais). E enquanto juízo de valor está condicionado por múltiplos fatores: pelos costumes, hábitos, modas, caprichos, espírito lúdico. Por isso, se em determinadas situações é-nos fácil caracterizar a presença do obsceno, já não nos resulta cômodo fazê-lo quando intervêm tênues fatores alteram que em si. Assim, por exemplo, é indubitavelmente obscena a exibição dos genitais masculinos na saída de um colégio de moças; mas não o é a do bailarino clássico, que os mostra tapados apenas por um tecido na veste do balé.

Os fatores intervenientes na caracterização do obsceno, ou que o evitam, resultam muitas vezes surpreendentes. Stephan Ullmann, na obra *Semântica: uma introdução à ciência do significado*, recorda que "em nosso tempo um grupo de seis músicos de uma orquestra norte-americana foi chamado quinteto (*Quintet*), pois sexteto (*Sextet*) parecia demasiado sugestivo", isto é, demasiado próximo à palavra *sex* – sexo. Tratava-se do famoso *quinteto* de Benny Goodman, que era de fato sexteto, porquanto os músicos eram seis e não cinco.

Em se falando deste tema, há que se ter presente inevitavelmente Molière e suas ridículas preciosas damas que ao falar evitavam cuidadosamente as *sílabas sujas*: não diziam *confesser* (confessar) porque *con* era o sexo feminino e *fesses* as nádegas. Por razões como essas alguém disse que a pior palavra em francês é *concuspiscence* (concupiscência), pois para pronunciá-la bem é preciso *ouvrir le con, fermer le cul, retenir le pis et jeter l'essence* – frase que me eximo de traduzir.

O acadêmico espanhol Camilo José Cela é autor de um *Diccionario secreto*, que alcançou a tiragem de dezenas de milhares de exemplares, no qual diz que "muitas vezes as palavras se sublimam ou se prostituem" em função de fatores da vida social, que frequentemente escapam de determinado vocábulo, mas nunca do conceito. E cita Rodríguez Marín, que em sua recompilação de 12.600 refrãos espanhóis, consigna este que atribui a uma abadessa que desejava alijar da oração o que lhe não soava bem: Domine meo *é expressão muito feia; dizei* domine orino, *que é mais fino*. Cícero dizia que *cum nobis* prestava-se a desagradável associação auditiva com *cunnus*. Prossegue comentando Cela: "o verbo *coger* (pegar, tomar) é impronunciável na Argentina, onde significa exclusivamente, praticar o coito, e os cavalheiros daquele país não podem *coger* docemente o braço de uma dama para ajudá-la a atravessar a rua; e se veem obrigados a *agarrarla* (segurá-la fortemente)". Acrescenta que o fenômeno se repete em todas as línguas; que o verbo conhecer, em se obedecendo as regras normais da derivação, deveria ter tomado a forma *coñocer*, porquanto provém do latim *cognoscere*; e que ao nome da cidade

Mérida se acrescentou um "i" para que se evitasse dizer *merda*, que era seu nome natural e autêntico.

A muitos homens cultos pareceu necessário catalogar os vocábulos proibidos em suas respectivas línguas, e conservar de algum modo as literaturas paralelas, eruditas ou populares, para que, ao se modificarem os cânones do obsceno, pudessem ser julgadas pelos estudiosos do futuro. Temos assim em espanhol a *Floresta de poesias eróticas do Século de Ouro*, recompilação feita por Pierre Alzieu, Robert Jammes e Ivan Lisorgues, que recolheram o material nas bibliotecas oficiais de Madri e de Barcelona. E fundamentalmente a citada obra de Camilo José Cela, que põe à frente de seu *Diccionario secreto* estas palavras de Dámaso Alonso, recentemente falecido, e que foi diretor da Real Academia Espanhola: "Há que tratar abertamente esta questão, sem pruridos de pudicícia. Imaginem o que ocorreria na Medicina se os médicos negassem atenção a muitas imundícies (físicas e morais) que devem levar em consideração."

Na França, onde a censura costumava determinar a destruição de edições inteiras de livros tidos por imorais, sempre se deixava a salvo algum exemplar, zelosamente guardado na Biblioteca Nacional, na seção que passou a chamar-se *Salon de l'enfer*. Esta prudente previsão permitiu que Guillaume Apollinaire, no século XX, resgatasse do olvido muitas obras primas, com elas integrando as famosas coleções *Les Maîtres de l'amour* e *Le Coffret du bibliophile*. Um linguista de renome mundial, Pierre Guiraud, publicou um *Dictionnaire historique, Stylistique, Rhétorique, Etymologique de la literature erotique* (Paris: Payot, 1978). Em português, uma mulher, Natália Correia, recompilou uma *Antologia da poesia portuguesa erótica e satírica* (Rio de Janeiro: F. A. Edições, 1965), e em 1980 Horácio de Almeida publicou o *Dicionário erótico da língua portuguesa*, do qual Carlos Drummond de Andrade foi o pai da ideia, como o declina o autor no prefácio. O livro está dedicado "Aos moços de todo o Brasil, adolescentes que ousaram romper os preconceitos do convencionalismo social, deixando em sufoco as abencerragens da geração que passa." A segunda edição de 1981 teve o título ligeiramente modificado, por sugestão nossa, para *Dicionário de termos eróticos e afins*.

A história da literatura portuguesa pode registrar os nomes de Bernardo Guimarães, com seu *Elixir do pajé*; de Guilherme de Almeida, com sua perfeita tradução da "Oda" do italiano Stecchetti; e acima de todos, de Bocage, com seus versos libérrimos, do qual a Editora Abril publicou em 1980 uma seleção de textos, com notas e estudos biográficos e críticos, onde consta uma espécie de epitáfio que, com certo eufemismo, traduzo assim:

Aquí duerme Bocage, el putanero.
Pasó una vida holgada y milagrosa:
comió, bebió y amó. Y sin dinero.[2]

Isto não caberia aqui não fosse porque a obra da Editora Abril está voltada aos estudantes secundários, o que mostra com tem evoluído o critério acerca da obscenidade, tornando-se mais ampla sua aceitação, pelo menos nos meios de estudo.

Em síntese, a apreciação do obsceno varia com os tempos e com os lugares: o que alguma vez foi obsceno pode deixar de sê-lo, ou passar a ser obsceno o que nunca fora tido como tal. Exemplo claro desta evolução, do puro ao obsceno, temos na palavra puta, que inicialmente queria dizer virgem. O termo começou sendo aplicado, por brincadeira, às mulheres mui vividas, e este sentido irônico é o que se perpetuou, enquanto caiu no olvido o original, que se conserva em italiano apenas nos diminutivos: uma *putina* é uma menininha, e um *putino* é um garoto.

2 Aqui dorme Bocage, o putaneiro. / Passou vida folgada e milagrosa: / comeu, bebeu e amou. E sem dinheiro.

O próprio CDA duvidava se seus poemas de *O amor natural* podiam ou não ser considerados obscenos. Numa entrevista em periódico, justificando-se por não se decidir a publicá-los, observava que podiam chocar a moral atual, por serem publicados muito cedo, ou não chocar em absoluto, por serem publicados demasiado tarde; advertia que nossos costumes mudam com enorme rapidez.

Ainda que não possamos referir-nos a todos os poemas que compõem *O amor natural*, tomemos um deles para analisar se é obsceno ou simplesmente erótico. Intitula-se "Era manhã de setembro", com *ritornello* que reza:

Era manhã de setembro
e
ela me beijava o membro

Trata-se, logo se vê, de um caso de felação ou, como se diz agora, de sexo oral. Ora bem, a felação é um acontecimento. E acaso o próprio CDA não havia pontificado que não deviam fazer poemas sobre acontecimentos? Com efeito, em "Procura da poesia" escreveu:

Não faças versos sobre acontecimentos.
Não há criação nem morte perante a poesia.
Diante dela, a vida é um sol estático,
não aquece nem ilumina.
As afinidades, os aniversários, os incidentes pessoais não contam.
Não faças poesia com o corpo,
esse excelente, completo e confortável corpo, tão infenso à efusão lírica.

Há, pois, uma contradição aparente entre esses são conselhos e a pretensão de cantar um ato "felativo". Mas nesse mesmo poema há um conselho que, bem interpretado, resolve a aparente contradição:

Penetra surdamente no reino das palavras.
Lá estão os poemas que esperam ser escritos.

Mas, de que modo se deve penetrar no reino das palavras? Pode-se responder a essa pergunta tomando como exemplo outro poema do mesmo Drummond. Refiro-me a "Morte do leiteiro", a respeito de como um entregador de leite, de madrugada, ao ir distribuindo sua "apenas mercadoria", faz um ruído que desperta um morador, o qual, presa de pânico por temer se tratasse de algum ladrão, apanha o revólver e liquida a tiros o pobre leiteiro. Tem-se claramente um acontecimento. Descrito, porém, esse acontecimento policial, o poema termina assim:

A noite geral prossegue,
a manhã custa a chegar,
mas o leiteiro
estatelado, ao relento,
perdeu a pressa que tinha.

Da garrafa estilhaçada,
no ladrilho já sereno
escorre uma coisa espessa
que é leite, sangue... não sei.
Por entre objetos confusos,
mal redimidos da noite,
duas cores se procuram,
suavemente se tocam,
amorosamente se enlaçam,
formando um terceiro tom
a que chamamos aurora.

Como se pode apreciar, não é o acontecimento em si, a morte do leiteiro, o que interessa ao poeta. A poesia não está nisso, senão no fato de que duas cores, talvez o leite e o sangue, misturam-se para formar uma terceira cor, que é o que chamamos aurora. Quererá isto dizer que depois da tragédia vem a esperança? Tampouco sei, mas nesta mistura de cores, de indefinível resultado, está a matéria vaga, difusa, da ordem poética. O poeta saltou do acontecimento policial, que lhe serviu de pretexto, para chegar ao mundo da poesia, pois ali estavam "as palavras", "em estado de dicionário", que escondiam o poema aguardado para ser escrito, e o foi.

Voltando a "Era manhã de setembro", o que primeiro me ocorre ao ler o *ritornello* é que existe um rípio na rima *setembro* e *membro*, porquanto não se vê que relação semântica pode haver entre um e outro termo. Se em lugar de ser *setembro*, o ato se tivesse verificado em *janeiro* ou *fevereiro*, então o beijado houvera que ser a parte de trás, vale dizer, aquele beijo negro que as bruxas davam a Satanás nos conciliábulos feiticeiros. Sem ir tão longe, em *março* teria que ser beijado o tarso; em *abril* o beijo haveria que ser febril; em *junho* beijado o punho, em *julho* o beijo teria que estar impregnado de *orgulho*, e o de *agosto* teria que se tratar de um beijo *bem posto*. Porque não há vínculo real entre uma felação e a denominação do mês em que se realiza. Sobre estas exigências da rima já prevenira o poeta espanhol Baltasar del Alcázar:

Porque si en versos refiero
mis cosas más importantes,
me fuerzan los consonantes
a decir lo que no quiero.[3]

E também Tirso de Molina:

3 Porque se em versos me refiro / às minhas coisas mais importantes, / me forçam as consoantes / a dizer o que não quero. [*N. do E.*]

Mas el joven, con un bastón de enebro
le dio un golpe mortal en el celebro.
Por ser el bastón de enebro
diz que le dio en el celebro;
y si fuera de membrillo,
le diera en el colodrillo.[4]

Poderíamos dizer nessa linha que aparentemente a Drummond "lhe forçam as consoantes a dizer o que não interessa".

Mas, é deveras ripiado esse *setembro*? Bem vistas as coisas, temos que concluir que não, pois no poema faz-se clara referência à primavera:

Morte e primavera em rama
disputavam-se a água clara
água que dobrava a sede

A análise formal permitiu-nos destruir a suposição de que o poeta fosse forçado a uma rima ripiada. Mesmo que assim tivesse sido, devemos recordar as palavras que ele põe no final de "Explicação":

Se meu verso não deu certo, foi seu ouvido que entortou.
Eu não disse ao senhor que não sou senão poeta?

Permitiu-nos também essa análise concluir que o poema não é obsceno. A literatura obscena delicia-se na consideração do ato em si, que é seu próprio *background*, e procura excitar a quem o lê. Nada disso ocorre aqui; ao contrário, e como no caso de "Morte do leiteiro", prescinde-se do sexo oral e se penetra de um salto no mundo poético:

4 Mas o jovem, com uma vara de zimbro, / deu um golpe mortal na cabeça. / Por ser a vara de zimbro / diz que o atingiu na cabeça; / e se fosse de marmelo, / lhe acertaria o pescoço. [*N. do E.*]

O capítulo do ser
o mistério de existir
o desencontro de amar

eram tudo ondas caladas
morrendo num cais longínquo
e uma cidade se erguia

radiante de pedrarias
e de ódios apaziguados
e o espasmo vinha na brisa

para consigo furtar-me
se antes não me desfolhava
como um cabelo se alisa

e me tornava disperso
todo em círculos concêntricos
na fumaça do universo

Beijava o membro
                    beijava
e se morria beijando
a renascer em setembro

Como não é oportuno, nem devemos revelar totalmente os poemas que integram *O amor natural,* limitar-me-ei a dar o título de alguns deles, a saber: "Amor – pois que é palavra essencial", "O que se passa na cama" ("é segredo de quem ama"), "A moça mostrava a coxa", "A bunda, que engraçada", "Mulher andando nua pela casa", "A castidade com que abria as coxas" etc.

Mencionem-se aqui duas coisas: a primeira, que CDA inventava palavras, o que nos faz recordar aquilo de que "aprendi novas palavras levemente – e tornei outras mais belas", que poderíamos modificar levemente e com verdade: "*inventei* novas palavras – e tornei outras mais belas", como *bundamel, bundális, bundacor, bundamor*; a segunda menção é que todos os poemas de *O amor natural* são de circunstâncias, como o reconhece o próprio poeta no subtítulo de sua obra póstuma *Poesia errante: derrames líricos (e outros nem tanto, ou nada)*. Mas sempre encontraremos a marca do gênio, a perfeição da forma, a versificação adequada, o estilo inimitável, a observação aguda, pois pela garra se conhece o leão.

A leitura dos poemas de CDA, desde *Alguma poesia* até *O amor natural*, traz-me à lembrança o que ocorreu com as *Memórias* de Casanova. Quando este morreu, o manuscrito foi às mãos de um sobrinho, Carlo Angiolini, que o vendeu à casa editora Brockhaus, de Wiesbaden, que por sua vez o passou a Jean Laforgue, a fim de que este corrigisse os defeitos nos quais eventualmente Casanova incorrera, pois o havia escrito em francês, sendo ele italiano; a par disso, Laforgue devia adequar o texto à moral vigente. Assim foi que Laforgue começou atenuando as cores fortes com que Casanova pintara as primeiras cenas amorosas de sua vida. Ao avançar, porém, no relato, parece que para Casanova tais episódios foram perdendo interesse, de sorte que quase os passou por alto. Laforgue então acrescentava detalhes de sua própria lavra. Veio a saber-se disso porque em 1960 a editora Brockhaus, juntamente com a casa Plon de Paris, decidiu publicar fiel e integralmente o texto casanoviano, donde saltaram à vista as adulterações de Laforgue ao texto original. Casanova havia ido do mais ao menos, e Laforgue do menos ao mais. De igual modo, Carlos Drummond de Andrade iniciou sua poesia erótica em termos mornos, para acalorá-los ao cabo de sua obra poética, em *O amor natural*, onde não se acanha de beirar, embora sem cair, no pornográfico.

Não gostaria de terminar esta fala sem dedicar algumas palavras ao amor mais intenso que teve CDA em sua vida, e que foi o que sentiu, Eros obviamente excluído, por sua filha Maria Julieta. Dela tratou pouquíssimas vezes em sua poesia. A primeira menção que lhe faz está no poema "A rua diferente" (*Alguma poesia*, 1930), escrito quando a filha tinha por volta de dois anos:

Minha rua acordou mudada.
Os vizinhos não se conformam.
Eles não sabem que a vida
tem dessas exigências brutas.

Só minha filha goza o espetáculo
e se diverte com os andaimes,
a luz da solda autógena
e o cimento escorrendo nas fôrmas.

A segunda referência está no poema "Resíduo" no qual se compara fisicamente com ela:

Fica um pouco de teu queixo
no queixo de tua filha.

A terceira alusão está em "A mesa", e se orgulha da filha que tem quando, dirigindo-se à memória de seu pai, diz:

Repara um pouquinho nesta,
no queixo, no olhar, no gesto,
e na consciência profunda
e na graça menineira,
e dize, depois de tudo,

se não é, entre meus erros,
uma imprevista verdade.
Esta é minha explicação,
meu verso melhor ou único,
meu tudo enchendo meu nada.

Posto que "A mesa" foi escrito em torno de 1952, contava então Maria Julieta uns 24 anos.

A derradeira menção dá-se no poema "Aspectos de uma casa", que descreve o apartamento em que a filha passou seus últimos anos em Buenos Aires. Atreve-se a chamá-la pelo primeiro nome, Maria; dir-se-ia que o poeta teve uma espécie de pudor em confessar esse grande amor. Dedica-lhe três versos:

O QUARTO DE MARIA

Toda a casa aqui se resume:
a ideia torna-se perfume.

Quando Maria Julieta adoeceu gravemente, o pai foi registrando numa agenda todas as contingências desse mal sem remédio, e, quando ela faleceu, encerrou suas anotações com estas palavras: *Assim terminou a vida da pessoa que mais amei neste mundo. Fim.*

Foi efetivamente o fim dos dois. Ele não pôde continuar a vida sem ela, e assim como os amores eróticos o haviam ajudado a viver, este outro, livre de toda exaltação erótica, levou-o à morte. Ambos repousam juntos, serenos, numa tumba do cemitério São João Batista, no Rio de Janeiro.

O poeta espanhol Jorge Manrique, autor das célebres *Coplas a la muerte de su padre*, assegura que ao homem são concedidas três vidas: a vida da carne, a vida da fama e a vida eterna. Nem Carlos nem Maria Julieta acreditaram nesta última, mas ambos percorreram a vida terrestre e conquistaram a vida da fama.

Carlos Drummond de Andrade julgava-se uma composição química que um dia iria acabar. Assim o disse em "Os últimos dias":

E a matéria se veja acabar: adeus, composição
que um dia se chamou Carlos Drummond de Andrade.
Adeus, minha presença, meu olhar e minhas veias grossas,
meus sulcos no travesseiro, minha sombra no muro,
sinal meu no rosto, olhos míopes, objetos de uso pessoal, ideia de justiça,
[revolta e sono, adeus,
adeus, vida aos outros legada.

Adeus, sim, ou melhor, até sempre, composições que um dia se chamaram Carlos Drummond de Andrade e Maria Julieta Drummond de Andrade. Porque a vida da fama não se extinguirá para esse pai e essa filha.

Palestra proferida no Projeto Drummond – Alguma poesia.
Centro Cultural Banco do Brasil,
Rio de Janeiro, 13 de março de 1990.

BIBLIOGRAFIA DE CARLOS DRUMMOND DE ANDRADE

POESIA:

Alguma poesia. Belo Horizonte: Edições Pindorama, 1930.

Brejo das almas. Belo Horizonte: Os Amigos do Livro, 1934.

Sentimento do mundo. Rio de Janeiro: Pongetti, 1940.

Poesias. Rio de Janeiro: José Olympio, 1942. [*Alguma poesia, Brejo das almas, Sentimento do mundo, José.*]*

A rosa do povo. Rio de Janeiro: José Olympio, 1945.

Poesia até agora. Rio de Janeiro: José Olympio, 1948. [*Alguma poesia, Brejo das almas, Sentimento do mundo, José, A rosa do povo, Novos poemas.*]

Claro enigma. Rio de Janeiro: José Olympio, 1951.

Viola de bolso. Rio de Janeiro: Serviço de Documentação do MEC, 1952.

Fazendeiro do ar & Poesia até agora. Rio de Janeiro: José Olympio, 1954.

Viola de bolso novamente encordoada. Rio de Janeiro: José Olympio, 1955.

50 poemas escolhidos pelo autor. Rio de Janeiro: Serviço de Documentação do MEC, 1956.

* A presente bibliografia de Carlos Drummond de Andrade restringe-se às primeiras edições de seus livros, excetuando obras renomeadas. Nos casos em que os livros não tiveram primeira edição independente, os respectivos títulos aparecem entre colchetes juntamente com os demais a compor a coletânea na qual vieram a público pela primeira vez. [*N. do E.*]

Poemas. Rio de Janeiro: José Olympio, 1959. [*Alguma poesia, Brejo das almas, Sentimento do mundo, José, A rosa do povo, Novos poemas, Claro enigma, Fazendeiro do ar* e *A vida passada a limpo*.]

Antologia poética. Rio de Janeiro: Editora do Autor, 1962.

Lição de coisas. Rio de Janeiro: José Olympio, 1962.

José & outros. Rio de Janeiro: José Olympio, 1967. [*José, Novos poemas, Fazendeiro do ar, A vida passada a limpo, 4 poemas, Viola de bolso II*.]

Versiprosa. Rio de Janeiro: José Olympio, 1967.

Boitempo & A falta que ama. [*(In) Memória – Boitempo I*.] Rio de Janeiro: Sabiá, 1968.

Reunião: 10 livros de poesia. Introdução de Antonio Houaiss. Rio de Janeiro: José Olympio, 1969. [*Alguma poesia, Brejo das almas, Sentimento do mundo, José, A rosa do povo, Novos poemas, Claro enigma, Fazendeiro do ar, A vida passada a limpo, Lição de coisas* e *4 poemas*.]

As impurezas do branco. Rio de Janeiro: José Olympio, 1973.

Menino antigo (Boitempo II). Rio de Janeiro: José Olympio; Brasília: Instituto Nacional do Livro, 1973.

Esquecer para lembrar (Boitempo III). Rio de Janeiro: José Olympio, 1979.

A paixão medida. Ilustrações de Emeric Marcier. Rio de Janeiro: Alumbramento, 1980.

Nova reunião: 19 livros de poesia. 2 vols. Rio de Janeiro: José Olympio; Brasília: Instituto Nacional do Livro, 1983.

O elefante. Ilustrações de Regina Vater. Rio de Janeiro: Record, 1983.

Corpo. Ilustrações de Carlos Leão. Rio de Janeiro: Record, 1984.

Amar se aprende amando. Capa de Anna Leticya. Rio de Janeiro: Record, 1985.

Boitempo I e II. Rio de Janeiro: Record, 1987.

Poesia errante: derrames líricos (e outros nem tanto, ou nada). Rio de Janeiro: Record, 1988.

O amor natural. Ilustrações de Milton Dacosta. Rio de Janeiro: Record, 1992.

Farewell. Vinhetas de Pedro Augusto Graña Drummond. Rio de Janeiro: Record, 1996.

Poesia completa: volume único. Fixação de texto e notas de Gilberto Mendonça Teles. Introdução de Silviano Santiago. Rio de Janeiro: Nova Aguilar, 2002.

Declaração de amor, canção de namorados. Organização de Pedro Augusto Graña Drummond e Luis Mauricio Graña Drummond. Rio de Janeiro: Record, 2005.

Versos de circunstância. Organização de Eucanaã Ferraz. São Paulo: Instituto Moreira Salles, 2011.

Nova reunião: 23 livros de poesia. 3 vols. Rio de Janeiro: BestBolso, 2013.

CONTO:

O gerente. Rio de Janeiro: Horizonte, 1945.

Contos de aprendiz. Rio de Janeiro: José Olympio, 1951.

70 historinhas. Rio de Janeiro: José Olympio, 1978.

Contos plausíveis. Ilustrações de Irene Peixoto e Márcia Cabral. Rio de Janeiro: José Olympio; Editora JB, 1981.

Histórias para o rei. Rio de Janeiro: Record, 1997.

CRÔNICA:

Fala, amendoeira. Rio de Janeiro: José Olympio, 1957.

A bolsa & a vida. Rio de Janeiro: Editora do Autor, 1962.

Para gostar de ler. Com Fernando Sabino, Paulo Mendes Campos e Rubem Braga. Rio de Janeiro: Editora do Autor, 1962.

Quadrante. Com Cecília Meireles, Dinah Silveira de Queiroz, Fernando Sabino, Manuel Bandeira, Paulo Mendes Campos e Rubem Braga. Rio de Janeiro: Editora do Autor, 1962.

Quadrante II. Com Cecília Meireles, Dinah Silveira de Queiroz, Fernando Sabino, Manuel Bandeira, Paulo Mendes Campos e Rubem Braga. Rio de Janeiro: Editora do Autor, 1962.

Cadeira de balanço. Rio de Janeiro: José Olympio, 1966.

Caminhos de João Brandão. Rio de Janeiro: José Olympio, 1970.

O poder ultrajovem. Rio de Janeiro: José Olympio, 1972.

De notícias & não notícias faz-se a crônica: histórias, diálogos, divagações. Rio de Janeiro: José Olympio, 1974.

Os dias lindos. Rio de Janeiro: José Olympio, 1977.

Crônica das favelas cariocas. Rio de Janeiro: [edição particular], 1981.

Boca de luar. Rio de Janeiro: Record, 1984.

Crônicas 1930-1934. Crônicas de Drummond assinadas com os pseudônimos Antônio Crispim e Barba Azul. *Revista do Arquivo Público Mineiro*, Belo Horizonte, ano XXXV, 1984.

Moça deitada na grama. Rio de Janeiro: Record, 1987.

Autorretrato e outras crônicas. Seleção de Fernando Py. Rio de Janeiro: Record, 1989.

Quando é dia de futebol. Organização de Pedro Augusto Graña Drummond e Luis Mauricio Graña Drummond. Rio de Janeiro: Record, 2002.

Receita de Ano Novo. Organização de Pedro Augusto Graña Drummond e Luis Mauricio Graña Drummond. Ilustrações de Mariana Massarani. Rio de Janeiro: Record, 2008.

OBRA REUNIDA:

Obra completa. Estudo crítico de Emanuel de Moraes, fortuna crítica, cronologia e bibliografia. Rio de Janeiro: Nova Aguilar, 1964.

Poesia completa e prosa. Estudo crítico de Emanuel de Moraes, fortuna crítica, cronologia e bibliografia. Rio de Janeiro: Nova Aguilar, 1973.

Poesia e prosa. Estudo crítico de Emanuel de Moraes, fortuna crítica, cronologia e bibliografia. Rio de Janeiro: Nova Aguilar, 1979.

ENSAIO E CRÍTICA:

Confissões de Minas. Rio de Janeiro: Americ-Edit, 1944.

García Lorca e a cultura espanhola. Rio de Janeiro: Ateneu Garcia Lorca, 1946.

Passeios na ilha: divagações sobre a vida literária e outras matérias. Rio de Janeiro: Simões, 1952.

O observador no escritório. Rio de Janeiro: Record, 1985.

O avesso das coisas: aforismos. Ilustrações de Jimmy Scott. Rio de Janeiro: Record, 1987.

Conversa de livraria 1941 e 1948. Reunião de textos assinados sob os pseudônimos de O Observador Literário e Policarpo Quaresma, Neto. Porto Alegre: AGE; São Paulo: Giordano, 2000.

Amor nenhum dispensa uma gota de ácido: escritos de Carlos Drummond de Andrade sobre Machado de Assis. Organização de Hélio de Seixas Guimarães. São Paulo: Três Estrelas, 2019.

INFANTIL:

O pipoqueiro da esquina. Ilustrações de Ziraldo. Rio de Janeiro: Codecri, 1981.

História de dois amores. Ilustrações de Ziraldo. Rio de Janeiro: Record, 1985.

O sorvete e outras histórias. São Paulo: Ática, 1993.

A cor de cada um. Rio de Janeiro: Record, 1996.

A senha do mundo. Rio de Janeiro: Record, 1996.

Criança dagora é fogo. Rio de Janeiro: Record, 1996.

Vó caiu na piscina. Rio de Janeiro: Record, 1996.

Rick e a girafa. Ilustrações de Maria Eugênia. São Paulo: Ática, 2001.

Menino Drummond. Ilustrações de Angela Lago. São Paulo: Companhia das Letrinhas, 2021.

O gato solteiro e outros bichos. Rio de Janeiro: Record, 2022.

BIBLIOGRAFIA SOBRE CARLOS DRUMMOND DE ANDRADE (SELETA)

ACHCAR, Francisco. *A rosa do povo & Claro enigma*: roteiro de leitura. São Paulo: Ática, 1993.

AGUILERA, Maria Veronica Silva Vilariño. *Carlos Drummond de Andrade*: a poética do cotidiano. Rio de Janeiro: Expressão e Cultura, 2002.

AMZALAK, José Luiz. *De Minas ao mundo vasto mundo*: do provinciano ao universal na poética de Carlos Drummond de Andrade. São Paulo: Navegar, 2003.

ANDRADE, Carlos Drummond; SARAIVA, Arnaldo (orgs.). *Uma pedra no meio do caminho*: biografia de um poema. Apresentação de Arnaldo Saraiva. Rio de Janeiro: Editora do Autor, 1967.

ARQUIVO-MUSEU DE LITERATURA BRASILEIRA. *Inventário do Arquivo Carlos Drummond de Andrade*. Apresentação de Eliane Vasconcelos. Rio de Janeiro: Fundação Casa de Rui Barbosa, 1998.

ARRIGUCCI JR., Davi. *Coração partido*: uma análise da poesia reflexiva de Drummond. São Paulo: Cosac Naify, 2002.

BARBOSA, Rita de Cássia. *Poemas eróticos de Carlos Drummond de Andrade*. São Paulo: Ática, 1987.

BISCHOF, Betina. *Razão da recusa*: um estudo da poesia de Carlos Drummond de Andrade. São Paulo: Nankin, 2005.

BOSI, Alfredo. *Três leituras*: Machado, Drummond, Carpeaux. São Paulo: 34, 2017.

BRASIL, Assis. *Carlos Drummond de Andrade*: ensaio. Rio de Janeiro: Livros do Mundo Inteiro, 1971.

BRAYNER, Sônia (org.). *Carlos Drummond de Andrade*. Coleção Fortuna Crítica 1. Rio de Janeiro: Civilização Brasileira, 1977.

CAMILO, Vagner. *Drummond*: da rosa do povo à rosa das trevas. São Paulo: Ateliê, 2001.

CAMINHA, Edmílson (org.). *Drummond*: a lição do poeta. Teresina: Corisco, 2002.

_______. *O poeta Carlos & outros Drummonds*. Brasília: Thesaurus, 2017.

CAMPOS, Haroldo de. *A máquina do mundo repensada*. São Paulo: Ateliê, 2000.

CAMPOS, Maria José. *Drummond e a memória do mundo*. Belo Horizonte: Anome Livros, 2010.

CANÇADO, José Maria. *Os sapatos de Orfeu*: biografia de Carlos Drummond de Andrade. São Paulo: Scritta, 1993.

CARVALHO, Leda Maria Lage. *O afeto em Drummond*: da família à humanidade. Itabira: Dom Bosco, 2007.

CHAVES, Rita. *Carlos Drummond de Andrade*. São Paulo: Scipione, 1993.

COÊLHO, Joaquim-Francisco. *Terra e família na poesia de Carlos Drummond de Andrade*. Belém: Universidade Federal do Pará, 1973.

CORREIA, Marlene de Castro. *Drummond*: a magia lúcida. Rio de Janeiro: Jorge Zahar, 2002.

COSTA, Francisca Alves Teles. *O constante diálogo na poesia de Carlos Drummond de Andrade*. Fortaleza: Secretaria de Cultura e Desporto, 1987.

COUTO, Ozório. *A mesa de Carlos Drummond de Andrade*. Ilustrações de Yara Tupynambá. Belo Horizonte: ADI Edições, 2011.

CRUZ, Domingos Gonzalez. *No meio do caminho tinha Itabira*: a presença de ltabira na obra de Carlos Drummond de Andrade. Rio de Janeiro: Achiamé; Calunga, 1980.

CUNHA, Maria Antonieta Antunes. *O discurso indireto livre em Carlos Drummond de Andrade*. Belo Horizonte: Imprensa Oficial, 1971.

_______. *Carlos Drummond de Andrade*. São Paulo: Moderna, 2006.

CURY, Maria Zilda Ferreira. *Horizontes modernistas*: o jovem Drummond e seu grupo em papel jornal. Belo Horizonte: Autêntica, 1998.

DALL'ALBA, Eduardo. *Drummond*: a construção do enigma. Caxias do Sul: EDUCS, 1998.

_______. *Noite e música na poesia de Carlos Drummond de Andrade*. Porto Alegre: AGE, 2003.

DIAS, Márcio Roberto Soares. *Da cidade ao mundo*: notas sobre o lirismo urbano de Carlos Drummond de Andrade. Vitória da Conquista: Edições UESB, 2006.

FERREIRA, Diva. *De Itabira... um poeta*. Itabira: Saitec Editoração, 2004.

GALDINO, Márcio da Rocha. *O cinéfilo anarquista*: Carlos Drummond de Andrade e o cinema. Belo Horizonte: BDMG, 1991.

GARCIA, Nice Seródio. *A criação lexical em Carlos Drummond de Andrade*. Rio de Janeiro: Rio, 1977.

GARCIA, Othon Moacyr. *Esfinge clara*: palavra-puxa-palavra em Carlos Drummond de Andrade. Rio de Janeiro: São José, 1955.

GLEDSON, John. *Poesia e poética de Carlos Drummond de Andrade*. Tradução do autor. São Paulo: Duas Cidades, 1982.

_______. *Influências e impasses: Drummond e alguns contemporâneos*. São Paulo: Companhia das Letras, 2003.

GUIMARÃES, Júlio Castañon. *Distribuição de papéis*: Murilo Mendes escreve a Carlos Drummond de Andrade e a Lúcio Cardoso. Rio de Janeiro: Fundação Casa de Rui Barbosa, 1996.

GUIMARÃES, Raquel Beatriz Junqueira. *Pedro Nava, leitor de Drummond*. Campinas: Pontes, 2002.

HOUAISS, Antonio. *Drummond mais seis poetas e um problema*. Rio de Janeiro: Imago, 1976.

INOJOSA, Joaquim. *Os Andrades e outros aspectos do Modernismo*. Rio de Janeiro: Civilização Brasileira, 1975.

KINSELLA, John. *Diálogo de conflito*: a poesia de Carlos Drummond de Andrade. Natal: Editora da UFRN, 1995.

LAUS, Lausimar. *O mistério do homem na obra de Drummond*. Rio de Janeiro: Tempo Brasileiro; Brasília: Instituto Nacional do Livro, 1978.

LIMA, Mirella Vieira. *Confidência mineira*: o amor na poesia de Carlos Drummond de Andrade. Campinas: Pontes; São Paulo: EDUSP, 1995.

LINHARES FILHO. *O amor e outros aspectos em Drummond*. Fortaleza: Editora UFC, 2002.

LOPES, Carlos Herculano. *O vestido*. São Paulo: Geração Editorial, 2004.

LUCAS, Fábio. *O poeta e a mídia*: Carlos Drummond de Andrade e João Cabral de Melo Neto. São Paulo: Senac, 2003.

MAIA, Maria Auxiliadora. *Viagem ao mundo* gauche *de Drummond*. Salvador: Edição da autora, 1984.

MALARD, Letícia. *No vasto mundo de Drummond*. Belo Horizonte: Editora UFMG, 2005.

MARIA, Luzia de. *Drummond*: um olhar amoroso. Rio de Janeiro: Léo Christiano Editorial, 1998.

MARQUES, Ivan. *Cenas de um modernismo de província*: Drummond e outros rapazes de Belo Horizonte. São Paulo: 34, 2011.

MARTINS, Hélcio. *A rima na poesia de Carlos Drummond de Andrade*. Introdução de Antonio Houaiss. Rio de Janeiro: José Olympio, 1968.

MARTINS, Maria Lúcia Milléo. *Duas artes*: Carlos Drummond de Andrade e Elizabeth Bishop. Belo Horizonte: Editora UFMG, 2006.

MELO, Tarso de; STERZI, Eduardo. *7 X 2 (Drummond em retrato)*. Santo André: Alpharrabio, 2002.

MERQUIOR, José Guilherme. *Verso universo em Drummond*. Tradução de Marly de Oliveira. Rio de Janeiro: José Olympio, 1975.

MICELI, Sergio. Lira mensageira: Drummond e o grupo modernista mineiro. São Paulo: Todavia, 2022.

MONTEIRO, Salvador; KAZ, Leonel (orgs.). *Drummond frente e verso*: fotobiografia de Carlos Drummond de Andrade. Rio de Janeiro: Alumbramento; Livroarte, 1989.

MORAES, Emanuel de. *Drummond rima Itabira mundo*. Rio de Janeiro: José Olympio, 1972.

MORAES, Lygia Marina. *Conheça o escritor brasileiro Carlos Drummond de Andrade*. Rio de Janeiro: Record, 1977.

MORAES NETO, Geneton. *O dossiê Drummond*. São Paulo: Globo, 1994.

MOTTA, Dilman Augusto. *A metalinguagem na poesia de Carlos Drummond de Andrade*. Rio de Janeiro: Presença, 1976.

NOGUEIRA, Lucila. *Ideologia e forma literária em Carlos Drummond de Andrade*. Recife: Fundarpe, 1990.

PY, Fernando. *Bibliografia comentada de Carlos Drummond de Andrade (1918-1930)*. Rio de Janeiro: José Olympio; Brasília: Instituto Nacional do Livro, 1980.

ROSA, Sérgio Ribeiro. *Pedra engastada no tempo*: ao cinquentenário do poema de Carlos Drummond de Andrade. Porto Alegre: Cultura Contemporânea, 1978.

SAID, Roberto. *A angústia da ação*: poesia e política em Drummond. Curitiba: Editora UFPR; Belo Horizonte: Editora UFMG, 2005.

SANT'ANNA, Affonso Romano de. *Drummond, o* gauche *no tempo*. Rio de Janeiro: Lia Editor; Instituto Nacional do Livro, 1972.

SANTIAGO, Silviano. *Carlos Drummond de Andrade*. Petrópolis: Vozes, 1976.

SANTOS, Vivaldo Andrade dos. *O trem do corpo*: estudo da poesia de Carlos Drummond de Andrade. São Paulo: Nankin, 2006.

SCHÜLER, Donaldo. *A dramaticidade na poesia de Drummond*. Porto Alegre: URGS, 1979.

SILVA, Sidimar. *A poeticidade na crônica de Drummond*. Goiânia: Kelps, 2007.

SIMON, Iumna Maria. *Drummond*: uma poética do risco. São Paulo: Ática, 1978.

SÜSSEKIND, Flora. *Cabral – Bandeira – Drummond*: alguma correspondência. Rio de Janeiro: Fundação Casa de Rui Barbosa, 1996.

SZKLO, Gilda Salem. *As flores do mal nos jardins de Itabira*: Baudelaire e Drummond. Rio de Janeiro: Agir, 1995.

TALARICO, Fernando Braga Franco. *História e poesia em Drummond*: A rosa do povo. Bauru: EDUSC, 2011.

TEIXEIRA, Jerônimo. *Drummond*. São Paulo: Abril, 2003.

_______. *Drummond cordial*. São Paulo: Nankin, 2005.

TELES, Gilberto Mendonça. *Drummond*: a estilística da repetição. Prefácio de Othon Moacyr Garcia. Rio de Janeiro: José Olympio, 1970.

VASCONCELLOS, Eliane. *O Arquivo-Museu de Literatura Brasileira*: um sonho drummondiano. Rio de Janeiro: Fundação Casa de Rui Barbosa, 2002.

VIANA, Carlos Augusto. *Drummond*: a insone arquitetura. Fortaleza: Editora UFC, 2003.

VIEIRA, Regina Souza. *Boitempo*: autobiografia e memória em Carlos Drummond de Andrade. Rio de Janeiro: Presença, 1992.

VILLAÇA, Alcides. *Passos de Drummond*. São Paulo: Cosac Naify, 2006.

WALTY, Ivete Lara Camargos; CURY, Maria Zilda Ferreira (orgs.). *Drummond*: poesia e experiência. Belo Horizonte: Autêntica, 2002.

WISNIK, José Miguel. *Maquinação do mundo*: Drummond e a mineração. São Paulo: Companhia das Letras, 2018.

YUNES, Eliana; BINGEMER, Maria Clara L. (orgs.). *Murilo, Cecília e Drummond*: 100 anos com Deus na poesia brasileira. São Paulo: Loyola, 2004.

ÍNDICE DE PRIMEIROS VERSOS

A bela Ninfeia foi assim tão bela, 57
A bunda, que engraçada, 26
A carne é triste depois da felação, 39
A castidade com que abria as coxas, 56
A língua girava no céu da boca, 29
A língua francesa, 30
A língua lambe as pétalas vermelhas, 31
À meia-noite, pelo telefone, 42
A moça mostrava a coxa, 17
A outra porta do prazer, 41
Adeus, camisa de Xanto!, 21
Amor – pois que é palavra essencial, 11
As mulheres gulosas, 59
Bundamel bundalis bundacor bundamor, 36
Coxas bundas coxas, 25
De arredio motel em colcha de damasco, 51
Em teu crespo jardim, anêmonas castanhas, 23
Era bom alisar seu traseiro marmóreo, 49
Era manhã de setembro, 13
"Esta faca, 45
Eu sofria quando ela me dizia: "Que tem a ver com as calças, meu querido?", 43

Mimosa boca errante, 33
Mulher andando nua pela casa, 34
Não quero ser o último a comer-te, 47
No corpo feminino, esse retiro, 35
No mármore de tua bunda gravei o meu epitáfio, 37
No pequeno museu sentimental, 48
O chão é cama para o amor urgente, 27
O que o Bairro Peixoto, 52
(O que se passa na cama, 16
Ó tu, sublime puta encanecida, 46
Oh minha senhora ó minha senhora oh não se incomode senhora minha, 50
Para o sexo a expirar, eu me volto, expirante, 60
Quando desejos outros é que falam, 38
São flores ou são nalgas, 24
Sem que eu pedisse, fizeste-me a graça, 32
Sob o chuveiro amar, sabão e beijos, 28
Sugar e ser sugado pelo amor, 40
Tenho saudades de uma dama, 55
Você meu mundo meu relógio de não marcar horas; de esquecê-las, 58

Carlos Drummond de Andrade

Este livro foi composto na tipografia
Arno Pro, em corpo 11/14, e impresso em
papel off-white no Sistema Digital Instant Duplex
da Divisão Gráfica da Distribuidora Record.